歌集

姶良《あいら》

上妻 朱美

砂子屋書房

＊目次

装本・倉本　修

歌集

始良

あいら

杉木立

牟礼《むれ》ヶ岡惣林嶽赤崩剣《おかそうりんだけあかぐれけん》の平《ひら》霧湧きうごく山を涵《ひた》して

幾千の杉の木立の秋みどり歌うが如し息かがやきて

杉の木の輪郭あかるし振り仰ぐわれの顔にも秋日が温し

静かなる杉の木立の前にして自在に揺るる秋葉竹群

老若の竹群れ立てる山道のすでに若からぬ竹に寄りゆく

油照る大き蘇鉄の葉群にて蜘蛛が逆さに待ちていにけり

椰子の木

梅雨晴れの錦江湾の澱青《でんせい》を見下ろし垂るる椰子の花穂は

頂に群がる葉まで垂直に椰子の木の中を上りゆく水

切り岸の下に来たりて涸れ滝の深く鋭き裂罅《れっか》を仰ぐ

山並みの果てはふくらむ天《てん》ヶ鼻《はな》夏の桜の濃緑混じる

布引の滝

布引《ぬのびき》の滝へと向かう岨道にキツネノマゴの花々白し

断崖の柱状節理三万年その下部三百万年滝水下る

滝徐々に後退すとぞ落下する水に巌の壁削られて

藪肉桂に巻きつく風藤葛《ふうとうかずら》の葉嚙めば苦しも池のほとりに

招魂石

西郷軍重富出身戦死者の名を彫る石碑苔生して立つ

招魂石に並ぶ名前を目にたどる今もこの地に親しき苗字

「明治十年二月二十三日卒」同じ日の墓碑四つ並び立つ

西南の役もその後もこの村の人らに苦しかりしと聞けり

紫のパンジーあまた浮かびおり招魂石の手水のなかに

思い出

わが腕に赤子の眠りいることを喜びくれき父はベッドに

羸痩《るいそう》の父が背中を傾けて起きて赤子を撫でてくれたり

＊

スクールバス来るを子と待つメイプルの翼果《よくか》投げ上げくるくる回して

級友に名を呼ばれ子の困るような嬉しいような表情をせり

教室の天井抜きてインディアンの家組み立てしマーク先生

降りて来る雪の結晶を手袋にのせて見せ合うこわさぬように

星条旗なびく広場に二千五十六足遺品の軍靴の並ぶ

黒革の軍靴の主の若きらは遠きイラクに征きて死にけり

イラク人《びと》の履き物砂によごるるを積みたる中のピンクのパンプス

＊

ボストンの藍深かりし宵のそら眼裏に呼ぶ眠らんとして

街路樹

丈ひくく刈り込まれたる街路樹にひしめく赤き山茶花のはな

学童の通学路横断指導員われきびきびと黄の旗を振る

自転車を漕ぎ漕ぎて来つ誰も居らぬ浜辺に松の葉音を聞きに

秋の日の差せる干潟の潮だまり底濁しつつ磯蜷《いそにな》歩む

ばらばらになりたるわれを掻き集め袋に提げて立つ如き朝

ひよどりの一羽の長く鳴く声す暁がたの空に響きて

戸を開けて入る台所朝ごとに棚の食器が我を待ちおり

熱水噴出口

凪ぎわたる錦江湾この海底に熱水噴出口《チムニー》ありて熱水噴くと

朝凪の沖に満ちたるうすあかり隼人三島神造島《かみつくりしま》

夕暮るる河口を潮のさかのぼる川の流れを押し上げながら

カルデラの外輪山に今年また山桜咲く七曜来たり

差し交わす枝見上ぐればまつぼつくり《まつぼつくり》青きがくすくす笑っているよ

対向車フロントガラスに一つずつ赤き陽炎《かぎろい》を載せて来るなり

川内原発

川内原子力発電所周辺松葉よりセシウム検出福島由来

四十キロ先に川内原発の稼働すと見やる北西の空

その時は放射能雲来るならんどこへ逃ぐるが正解なのか

川内《せんだい》入来《いりき》麓に残る武家屋敷玉石垣を濡らす小糠雨

林冠

赤や黄のあらわれ初めし林冠《りんかん》を白銀坂《しらかねざか》に立ちて見下ろす

岩面に根を下ろし岩に絡みつき岩を割きたりこれなるひと木

豆粒のからだ戴く長き脚座頭虫《ざとうむし》這うふわふわとして

わが庭にひとつぽつんとあらわれしスズメノテッポウ花粉を飛ばす

十六寸豆

年迎うる支度気ぜわし姑も歩行器押して廊下行き来す

十六寸《とろっすん》豆煮えたかねえと姑の主婦なりし日の声に華やぐ

朝鮮出兵時、島津義弘は七匹の猫を連れて行った。二匹が生還、その一匹はヤスという名の茶トラ猫で、義弘の次男久保《ひさやす》がたいへん可愛がった。以後、鹿児島では茶トラ猫を〈ヤス猫〉と呼ぶ。

今日もまたあの〈ヤス猫〉が庭に来て冬芝の上に日向ぼっこす

窓ガラス透きて入り来る冬の陽に回転しつつ浮く微塵あり

水蒸気盛んにのぼる小寒の朝に干しゆくシャツの肩より

雁帰月

石田比呂志氏

「天翔《あまか》くるあれはかりがね」みまかりし雁帰月《かりかえりづき》二十四日よ

二月二十四日白梅三分咲き枝引き寄せて花の香を嗅ぐ

雨上がりのミント

つんつんと蜜吸うメジロのくちばしのこそばゆいのか山茶花揺るる

ベトナムの夏巻《サマーロール》を作らんと雨上がりなるミントの葉摘む

九十二歳ひとり暮らしの永山のおばさん眼鏡かけ回覧板読む

永山のおばさんわれに持て行けと花蘇芳の枝何本も切る

腕時計忘れ来たれば何がなし左手首のあたりが寒し

わずかにも伸びたる爪が気にかかり午前二時ごろ起き出でて切る

鹿子の木

崖《きりぎし》の壁より空に枝伸べて白炎のごと桜の咲けり

鹿の子模様幹にまとえる鹿子《かご》の木が青葉の森の斑ら日に立つ

われの手にとまるインコの足裏の温とし四本の指やわらかし

われの手にじっと撫でられているインコ漆黒の目を見開いたまま

浅葱斑蝶

竹群の竹全身を撓わせて野分の迫る風と揉み合う

ショベルカー掘りては掬う土塊に草の根の白あまた混じれる

田中一村の浅葱斑蝶《あさぎまだら》か葉隠れに青澄む翅を閉じて憩うは

南への旅の途中の蝶も見て白銀坂《しらかねざか》をわれ上りゆく

朝　露

野牡丹の花に置きたる朝露の表面張力ひかりをはじく

雨後の山に盛んに白き霧湧きてのぼるは何の力ぞ

自転車のペダル漕ぎつつ額に受くまだ力ある秋の陽ざしを

子らの靴すでに大人のサイズとなりわが知らぬ場所にそれぞれに行く

芒の穂今年のいのち伸びきりて茎にバッタを止まらせ揺るる

食器を汚し食器を洗い食器を汚し食器を洗い食器を汚し

ほとばしる水の下にて擦《こす》ったり回したりして大皿洗う

一日の水仕を終えて熱《ほめ》く身の静かに冷めてゆける時の間

祖母

甘き香のインド林檎をくるくると祖母剝きくれき幼きわれに

祖母はわれに日露戦争を語りたり乃木大将を英雄として

里芋の葉先に露のふくらめりガラスコップの水吸いあげて

消しゴムの屑あまた散る肝心の一語に今日も辿りつけずに

「いきちがう馬も車もかち人も」更級日記の大路をわれも

山桜

山桜花咲く前の花の気が惣林嶽《そうりんだけ》の崖《きりぎし》に満つ

今日咲かん今日咲かんとぞ山桜花咲く音の聞こゆる如し

山桜はなどきのまた巡り来てわれは五十歳になりてしまえり

山の緑濃くふくよかになりゆくを朝の玄関掃きつつ仰ぐ

くれないと白の絞りの花びらの集まるところ黄の蕊の出づ

金色の截金《きりかね》文様《もんよう》をふと思う暁の空さえずる声に

重富浜曲

石蓴《あおさ》藻《そう》浅緑色の帯となりたゆたう春の重富浜曲《しげとみはまわ》

椿の葉ひとつひとつが初夏の空を向きたる鏡の如し

空豆の莢をひらけば真白なる綿がみどりの豆を包めり

小松菜の根の屑いくつまな板に浅き緑の花の如しも

くれないの躑躅《つつじ》の花に入り行きし蜂よつつじに食わるるなかれ

五月雨の流るる塀をゆっくりとひとつ蝸牛の上りゆくなり

薔薇の葉

葉を囲む鋸歯の尖りの美しと一輪挿しの薔薇の葉を見る

自転車をかたえに止めて石榻《せきとう》にシャツの中まで潮染《しおじ》むわれは

雨脚のつくる水輪をひと吹きにさらう風あり雨もろともに

縁側の籠の中にも夏が来て羽抜けのインコしきりに水飲む

分譲地

古屋敷売却すとぞ紅き花咲ける椿をまず切り倒す

苔生して威厳ある木を遅滞なく電動鋸《でんどうのこ》に切り倒しゆく

鋸に耐えていたりし木がついに倒るるときの木の裂くる音

邃《おくぶか》き森あとかたもなくなりて広く平たき小学校前分譲地

電線に雉鳩ひとつ鳴くゆえに立ち去りがたくなりて聞きおり

われの手に撫でて欲しくて籠の中オカメインコが足踏みをせり

ああでもないこうでもないと蟻ん子の二匹が黒蟻を噛みて曳きゆく

道の辺の葬儀案内の故人の名読みしが過ぎてすぐに忘るる

母

玄関の引き戸開くれば仏壇の線香匂う実家の匂い

後姿《うしろで》の母の手指のかろうじて蛇口に届き水仕を始む

冷蔵庫上半分は母の手の届かぬ高さ空っぽの冷ゆ

かくまでに背中曲がれば似合う服などもう無しと母の歎けり

杖ついて二本の足を踏ん張って手を振り母がわれを見送る

坊津の塩

完熟のトマトスライスにひとつまみ坊津《ぼうのつ》産の粗塩を振る

崖《がけ》を打つ東シナ海の波音を真白き塩の結晶に聞く

大蒜《にんにく》とローズマリーを惜しみなくオリーブオイルに鰯を揚ぐる

塩磨きして湯がきたる真緑《まみどり》のさやいんげんをサラダに飾る

手を伸べて触るる桜の花びらにくれない滲む水の脈あり

花びらの一枚いちまいに水くばる春の桜のよく機能して

里山という他に名を知らぬまま懐《ふところ》に住む七度目の春

生け垣の蔭たおれたる野良猫の腹部上下す息するたびに

動物の屍体はその土地の所有者が処分をします〈燃えるゴミ〉として

わが庭に命尽きたる野良猫を〈燃えるゴミ〉とし袋に納む

インコ

鳥籠を提げて出で来し芝の上にインコと受くる白南風《しろはえ》のかぜ

下瞼あげてインコの眠りおり夢に砂漠を飛ぶことありや

オカメインコ卵を産めりわが指に頭擦りつけ甘えし昨日

鳥籠に夜のカバーをかけてより家内に梅雨の雨音ひびく

シンビジウムの葉群の中に居候するオキザリスももいろの花

吻《くち》ながく伸ばしたるまま白蝶が後ずさりして花より出で来

鬼百合と黒揚羽

鬼百合の一番花を待ちがてに蕾をめぐる黒揚羽蝶

鬼百合の花の蜜吸う黒揚羽花に止まるということのなく

別べつに鬼百合に来し蝶ふたつ縺れ合いつつ飛び去りゆけり

鬼百合の盛りの蜜を吸わんとし雨の激しく降るときも来る

終の花散りてしまいし鬼百合の茂みに今日も黒揚羽来つ

オオイヌノフグリの花のコバルトが庭面を埋む長梅雨明けて

トラックの荷台を囲む鉄柵の影を背に乗せ豚運ばるる

蟻の歩み

蟻の巣を殺す黄の粒ひとつずつ咥えて歩む蟻の子歩む

疑わず巣に毒薬を持ち帰る働き蟻を見下ろしている

叫喚は始まりおらん続々と蟻の歩みの行き着くところ

秋の陽は木立《きだ》ち朝鮮朝顔の長くふくらむ花の中まで

蒲生大楠

七百二十年隼人の乱の夏の日も戦ぎいにけん楠は蒲生《かもう》に

撓いつつ枝葉《しよう》は風に鳴りおれど千五百年の幹巌《いわお》の如し

冬の葉の繁なる楠の高枝をまぶしき風が吹き抜けて行く

幾度も曲がり地上に降り来たる一枝が境内の砂利をくすぐる

絵馬掛けの前に伸び来し細き枝絵馬見て笑う如くに揺るる

境内の絵馬に吹き来る小さき風頭上は楠を揺り上ぐる風

八畳の洞を根方に抱くとぞ小さき扉をはめ込む奥に

ひとり来て蒲生神社の老楠を仰ぐ聖《ひじり》を仰ぐ如くに

けあらし

「今度また会おうね」軽く言い合いて十年会わず友は逝きたり

唐突に友の死告ぐる葉書来ぬ終を看取りしお姉さんより

雪うさぎの絵を片隅に描いてある妹の死を知らせる葉書

無邪気なる笑顔ばかりが甦る五十二歳の友を知らねば

満面の笑みに腕組む友とわれ卒業写真を取り出し見つむ

薄明をけあらし白く立ち上る湾の流れに乗りて激しく

大寒の朝日に染まるけあらしのひとつの方へ流れて行けり

梅が枝

新芽吹く久留米つつじの内側を雀の子らの鳴きつつ移る

梅が枝は皆天空を指して伸ぶ蕾の玉をはぐくみながら

松の葉のみどりの針の先端に四温の雨の露のふくらむ

切り株の切断面は枯れたれど樹皮に艶ある新芽を吹けり

熊本地震

徐行する新幹線の窓外にブルーシートの家並みつづく

地震のため市場閉ざされ売れぬとぞ初生りメロンを叔母の提げ来つ

屋根覆うブルーシートの重しなりし土嚢乱るる昨夜の地震に

苗床を荷台に高く積み上げて軽トラック行く地震後の田を

梅雨明け

梅雨晴れの舗道の脇にくれないの小錦草《こにしきそう》の茎立ち上がる

降りつのる黴雨《ばいう》の中にももいろの莟を伸ばすレインリリーは

長き脚たたみて棒となる蜘蛛の巣ごと濡れつつ黴雨をしのぐ

昨日今日ただ待つのみの蜘蛛の巣に白さるすべり花をこぼせり

われの背の丈より高き苧《からむし》を挑む如くに鎌振りて刈る

夏草の中を這う葛たぐり寄せ根方を探り引っ張り合いす

どこをどう上り来るのか今日もまた物干し竿に雨蛙居り

あかあかと熟れたる胡頽子《ぐみ》の実の垂るる信号を待つ子らの頭上に

隼人

養老四年（七二〇年）二月二十九日「隼人《はやひと》反《そむ》きて大隅国守陽侯《やこ》史麻呂を殺せり」、
三月四日「中納言正四位下大伴宿禰旅人を征隼人持節大将軍とす」
『続日本紀』巻八

斬首はた捕縛の隼人千四百将軍旅人《たびと》は軍《いくさ》を詠まず

一万の鎮圧軍の足音のふいに聞こゆる隼人の塚に

律令制編戸造籍《へんこぞうせき》に抗うを「隼人反《はやひとそむく》」と続紀《しょつき》は記す

隼人側に立ちて記さば反乱にあらず支配を拒む抗い

〈伏《まつろ》わぬもの〉を国家は誅伐す　熊なる〈クマソ〉隼《はやぶさ》〈ハヤト〉

授位したる隼人郡司をその後の隼人鎮圧にあてがいにけり

日木山の峠越ゆれば隼人町青き田畑を秋風の吹く

重富漁港

潮ひきし漁港階段を船虫の走る速さよ触覚振りて

和恵丸美佐丸恵美丸綾乃丸船の女名華やぎて見ゆ

砂浜に沈みし波の先端のなごりを次の波の引きゆく

海に向く外輪山の冬の木々影こまやかに朝の日に照る

海面に満つるひかりの明るさを鳥は見にけん水をのぼりつつ

海面を破り黒鳥あらわれて首しなやかに水を払いつ

駅に子を降ろして今朝も晩秋のかがやき溜むる海を見に行く

下り坂尽きたるところはろばろと朝の茜の海横たわる

廃用

「廃用防止」と母の書類に書いてあり「廃用」という医療語を知る

薬をば飲み忘れたる母叱るたまに訪い来てすぐ去るわれが

デイケア用コップ歯ブラシ着替えその他黒マジックに母の名を書く

幼子に還る静かさ老母が指にくちびる撫でつつ眠る

岩剣山《いわつるぎやま》のそびらを越えて来る白き筋なす元日の雲

道の駅「末吉」

道の駅「末吉《すえよし》」にわれ遠く来て春さきがけの蕗の薹買う

口美鯛《くちみだい》左まき鯛天然鯛春めく市場の魚棚楽し

垂水《たるみず》港姫甘えびのさくら色濡れてかがやくパックの中に

菜の花のお浸し苦しと子は除《よ》くるその苦さこそ味わいなるを

夜の庭に降り立ちわれはたじろぎぬ梅の一木の香の鋭さに

はなびらを落し終えたる梅が枝は蕊と萼片残りて軽し

あの山に桜の花の咲き満てど春を怖るる桜もあらん

葉群より鳥の嘴あらわれて椿の黄の蕊をついばむ

真夜中の階段下る足裏の影に足裏貼り付けながら

白南風

白南風《しろはえ》のかぜが海より吹き寄せて岸の茅《ちがや》の穂絮《ほわた》をほどく

海面を真一文字に飛ぶ燕おりおり海の鏡に映る

目を閉じて空を仰げばわれという真っ暗闇が目にぶらさがる

ふくらはぎの静脈瘤はわれ若く妊りたりし時の痕跡

水無月の蛙の声のとよもして闇をのぼるを聞きつつ眠る

そのままに食うがよろしも朝採りの曲がる胡瓜と真っ赤なトマト

幾重にも花びら開き影ひらき終わりに向かう卓上の薔薇

蝶

破れ翅に力を込めて飛ばんとす路面を蝶のまた飛ばんとす

俄雨に濡れたる路面乾きゆく松の葉の敷くところ残して

蕺《どくだみ》の香の鋭きを顔に受く草を取る手に摑みたるとき

伸びやかな枝に咲く黄の連翹を誰も訪い来ぬ戸口に飾る

弁当を手に持ちレジに並ぶわれ防犯カメラに監視されつつ

コンビニの中にて撮られコンビニを出でて撮らるる設置カメラに

ショーケースの中に成長する仔犬いつまで生きていいのかそこに

照明の明るすぎると気にしつつ米研ぐ梅雨の蒸し暑き夜に

紫紺野牡丹

明日もまたわれ在ることを疑わず紫紺野牡丹つぼみを数う

広き葉の陰にひっそり隠れたる無花果《いちじく》の実はいまださ青し

無花果の破れたる実の枝に垂れ緋色の肉を蟻に食わるる

並べ置くヱビスビールの空き缶の中に厨の闇の溜まれり

迷いつつコンクリートを這い来たる条《すじ》を後ろに舞舞《まいまい》乾く

なか空を吹く突風に煽られて遅るる一羽群れを追いかく

濃緑の螺旋となりて木を縛る蔓引きはがす鎌の刃先に

子の撮りしスナップ写真のわが笑顔思いいしより年老いて見ゆ

蒲生郷

関ヶ原従軍記念石碑立つ夏草茂る蒲生《かもう》の丘に

武家門に高く掲ぐる「蟇股《かえるまた》」仰ぎ合戦へ主は征きけん

慰霊碑の巨石を運ぶ村の牛ら唾液を垂らし涙を流し

足長蜂

二階より見ゆる隣家の枯れ枝に鵯《ひよ》が来てまた鳴き始めたり

鉄橋を渡る電車の轟きが暁闇の遠くに聞こゆ

朝ごとに庭の芝生を盛り上ぐる土竜《もぐら》の自在いまいましけれ

立冬を過ぎて刈り込むあじさいの枝ひとつずつ切り口白し

山茶花の蕊に縋れる足長蜂《あしながばち》霜月尽まで生きてしまえり

立体感失せて宵闇の色となる山をしばらく窓に見ており

山茶花

はなびらの散り敷くなかに花首の切れて落ちたる山茶花ひとつ

山茶花のはなこぞり咲く枝先の昨日より今日重りて撓む

二階よりわれは見下ろすさざんかの絞りの花の枝ごとの揺れ

賜いたる錦江湾の冬若布《わかめ》磯の香のする泥をつけたり

滾る湯に若布放てば鮮やかな緑あらわる湯にひらめきて

寒かりし今日の夕餉に添えて置く湯気立つみどりのわかめスープを

夜もすがら雨流れたる舗道には松の枯れ葉の寄る幾ところ

飛行機

南《みんなみ》へ行く飛行機を目陰《まかげ》さし仰ぐ戦争をせぬ世の空を

今もある躑躅おさなく写りおり戦前家族の記念写真に

進駐軍を怖れて村の女らの隠れたるとぞあの剣《けん》の平《ひら》

常夜燈に暗く庭より照らされてカーテンの襞闇に浮かべり

皐月躑躅

蜜標《みつひょう》の斑点を濃くちりばめて皐月躑躅《さつきつつじ》の紅のひしめく

磨り硝子の向こうに浮かぶ火の色は初夏を咲き継ぐ今年の杜鵑花《さつき》

時終えしさつきの花《か》冠《かん》その後は木に凋びゆく地に腐れゆく

船繋ぐ区画の水に群鳥の降り来《く》泳ぎ来《く》魚追い詰めて

くちばしに魚を挟み次つぎに水の面に鳥浮き上がる

人影のなき早朝の船溜まり漁《すなど》る鳥の声の騒がし

紫陽花の葉末に光る朝露を猫が体を伸べて舐めおり

空中に浮く若蔓を引き寄せて切れば指先水に濡れたり

食べ物を探して歩む猪の鼻の痕なり木の根の窪み

田んぼ

稲の穂の熟れ初めし田を見に行かん杖つく母を車に乗せて

電柱の立つ畦道の彼方よりリヤカー引き来る母のまぼろし

よそ人に預けたる田に稲稔る実家の田んぼ継ぐ者の無く

大勢の人ら集いて稲を刈るその記憶眩し秋の日ざしに

幅ひろき風吹き来り田より田へ稲を傾がせ鳴らして過ぎつ

廃屋の格子をのぼる夏の蔦切り払いゆく汁を飛ばして

仰向けの蟷螂《かまきり》の脚少しうごく死にきるまでをなかなか死ねず

石の上に仰向けのまま動くなき死ぬ蟷螂のかおの穏しさ

靴底にでんでんむしを踏みにけりそこ這い居ると気付く間もなく

わが靴に踏み潰したるかたつむり一瞬にして殺してしまえり

皿の一枚

砂浜に寄せ来る波に繰り返し揉まるる石が黒ぐろと見ゆ

魚だなの笊に盛らるる浅蜊貝ひとつが跳ねて水を吹きたり

秋霖《しゅうりん》の霽れて石段両端の苔のみどりが青みを帯びぬ

わが肩につきて入り来しガガンボのため玄関の戸を開けておく

薔薇の花たちまち崩る指先のふいにかすかに触れしばかりに

あおし柿美しければ神棚に捧ぐ漆器の盆にならべて

食器棚のなかにすずしく重なれる皿の一枚になりたし今日は

青き魚

並び立つ桜の枝はまだ固きつぼみを上向きにととのえて待つ

浅みどり淡きくれないやわらかに楠が四月の風に揉まるる

病室の窓の向こうの峠路をトラックのぼる玩具のごとく

フライパン焼きて油を香らせてほぐし卵を流すその音

海面に跳ねて出でたる青き魚落つるほかなし翼持たねば

徳利墓

伊《い》地《ぢ》知《ち》遊《ゆ》海《かい》享年七十七歳の徳利墓《とつくりばか》立つ盃載せて

文久の石工の技に彫り上げしとっくり墓の曲線ふくら

たのしみて生きて死にたる人ならんとっくり墓の下の翁は

とっくりに隣る石祠《せきし》は妻の墓〈沫雪刀自〉と諡《おくりな》を彫る

江戸期の墓まばらに残る区画割されたる墓と墓の間に

競うごと花を盛りたる墓原を花抱きゆくわが家の墓へ

ありなしの風に吹かるる姫女苑《ひめじょおん》毀れし古き墓を被いて

晴れわたる錦江湾見え桜島見ゆ花替えに来たる墓より

黒作務衣の雲水あらわれ若き手に昼九つの鐘撞き始む
散り敷ける細かく白き花びらの檸檬が香る庭の隅にて

せんじ

プラスチック容器開くれば鶏の卵のかたちそれぞれ違う

とんこつを柔らかく煮て溶き入るる始良の味噌のはだか麦の香

味噌汁の仕上げに垂らす漆黒の鰹せんじの飴をひと匙

釜炒りの番茶に熱き湯を注ぎ待つ三分のその時間濃し

助手席のドア開け母に見せんとす水田に並ぶ青き早苗を

早苗田を鳴らし吹き来る昼風をまぶしみ顔に受けおり母は

首すこし動かし窓に田を見つむ降り立つことのかなわぬ母は

実をつけたまま金柑の立ち枯れぬ施設に母の移りたるより

月曜のゴミ出し終えて木曜のゴミ出しのため袋を開く

野分の風

常よりも余光明るくかがやくと野分の迫る山を見ており

海底の泥の起伏を揺り上げて濁る荒波　低気圧来る

寄せ返す波に揉まるる流木は軽がる波に揉まるるがまま

台風の近づき来るを知る猫か船揚場にて船を見上ぐる

枇榔椰子《びろうやし》の大きなる葉を乱雑に落とし散らして過ぎ行きし風

枯れ松葉みどりの松葉小枝ごと散り敷く野分過ぎし浜辺に

平らけき海を翼に打ちながら鳥飛び行けり秋の夜明けを

段ごとに石段のいろ暗みゆき海に沈める下は海の色

朝露を飛ばし竈馬《いとど》の子ら跳ねつ庭のメヒシバを抜かんとすれば

庭畑を打ち終え鍬の泥落とす石蕗《つわぶき》の葉を軍手に摘みて

霜月の庭

ゆっくりと力を込めて暁の庭に野牡丹の開きゆくなり

花びらを開ききりたる野牡丹に小春日和のひかりの差せり

野牡丹の藍紫《あいむらさき》の花びらのふとこぼれ落つ仰ぎたるとき

野牡丹のむらさきの蕊残りたり木ぬれに勁《つよ》き意志の如くに

生け垣に野老《ところ》の蔓のあらわれぬ一夜のうちに黄変をして

咲き初めし八つ手の花序に蜂と蛾と蠅飛びめぐる霜月の庭

太陽が雲の層より出でたるかうなじに感ず草を取りつつ

縁側に並べて置きぬ熟れ時に間に合わざりし青きトマトを

掌

岩剣《いわつるぎ》神社を囲む古木みな伐採されて社が赤し

受験の子のためにと選ぶ土人形道真公《みちざねこう》は金の笏《しやく》持つ

新年の朝日が差せりイヌマキの瑠璃色の実の散る庭先に

紫紺野牡丹今朝も小さき花咲かす暖冬がこの木を狂わせて

紫陽花のまだ枯れきらぬ去年の葉が散るすべもなく枝に残れり

山茶花の絞りの花弁ひとひらが下の八つ手の葉っぱにとまる

掌《たなごころ》あたたかきかな悲しくて深夜にひとり頬杖つけば

三月の終わり

ひとところ稜線爆ぜて濃密な朝日あらわる湾の向こうに

漁《すなど》りの網の長きを引き上ぐる小舟の男弾むごとくに

自らの身命のほか何ひとつ持たざる鳥が薄明を飛ぶ

花蘇芳あかるき庭に出でて来《こ》よ子の出立を記念に撮らん

ものの芽を養う春の雨のなか子は東京へ出でて行きたり

引っ越しの箱のひとつにわが縫いしさらしもめんのマスクを入れぬ

長女次女遠くへ往きてしまいたる二階の窓を庭より見上ぐ

三月の終わりの今日の雨寒し彼の年特攻機出撃をせり

「桜花」という特攻兵器全滅す「Baka Bomb《バカボム》」などと嘲笑されて

学徒兵のその日を思う　進学の子を東京へ送り出だして

胡瓜の蔓

朽ちすすむ枝にも春の水めぐりさくらのつぼみ日ごとふくらむ

蜜を採る蜂の後脚は蕊のそと花に突っ張る角度をさがす

石の下に蟻の巣ありてあまたなる白き蛹の息づくあわれ

しっかりと支柱を巻いているかしら胡瓜の蔓をまたも見に出づ

青虫をつまみ上げては踏み殺す作業に慣れず青虫の前

匍匐するごとく伸びたるズッキーニ実の先端に花つけたまま

切り立ての刺身を包む魚屋の経木《きょうぎ》なつかしその木の香り

プラスチックトレーに木目の絵のあるは経木に通うノスタルジアか

狐雨

出で入りのたびに手指を消毒すどこも病院であるがごとくに

梅雨晴れの暑きひと日に立ち枯れし株のトマトが真っ赤に熟す

長梅雨を凌ぎて過ごす半袖に長袖に服を幾度も替えて

糸引きてぶら下がりいる尺取虫死にたくなければぶら下がりいよ

ひとり来てかぼちゃの花を見てまわる早起き蟻のいそしむ花を

降りて来る狐の雨のかがやきに濡れて帰らな草刈る野より

夏草刈り

荒草を刈払機に刈るすべも山里に住み覚えしひとつ

白き日のなかへ草刈りに出でゆかん若くあらねど若きこころに

エンジンの始動音を野にうならせてまず足元の茅草を刈る

苧《からむし》を薙ぎ払わんと金属の刃の回転の速度を上げぬ

苧が隣る苧に勝ちたしとみずみずとその青葉を拡ぐ

いのししの沼田場《ぬたば》ならんか苧の根方掘りたる泥の散乱は

体内の水分すべて入れ替わる心地す草を刈り冷水を飲み

乳を欲る毛物の子らの声聞こゆ近寄る廃家の床の下より

葛のつる葛の葉っぱが廃屋に残る庭木を覆い尽くせり

洗いても草の染み落ちぬ作業シャッわれもかくのごと十年古ぶ

条《すじ》なして空間を降《くだ》りくる雨を風が大きくひるがえしたり

消毒液

吹きつけし消毒液を手にのばす冷たさすぐに揮発して消ゆ

在る菌のすべて薬液に死滅するわが手の皮膚の見えざる世界

夕空にスピーカーの声こだまして出でて帰らぬ老人捜す

枯れながらゆっくり熟るるとうがらし霜月半ば畑の隅に

窓を閉めんと立ちたるときに庭面より寒雨に濡るる土の匂いす

ベランダと椿の間に緻密なりし蜘蛛の巣あらず昨夜の嵐に

台風に枯れし並木の篠懸《すずかけ》のふたたび芽吹く秋にみどりを

尉鶲

尉鶲《じょうびたき》ふらりと今日もあらわれて草取るわれの前方を跳ぬ

鶲の子来るを待つともなく待てり畑の小石を拾うなどして

霜柱凍る畑に来て鳴けり紋付鳥《もんつきどり》は今日も一羽で

寒風に向きて羽毛をまん丸くふくらませ立つ二本の脚に

冬畑の天地返すと掘り上ぐる土の中より螻蛄《けら》の子の出づ

二階なるベランダより手を差し伸べて山茶花の白一輪を切る

つわぶきの冠毛に積む綿雪の上をひかりの色彩うごく

尺取虫の顔進みゆく寒雨に濡るる門辺のコンクリートを

春のあおぞら

病む夜を亡き姑の部屋に臥し古天井の木目を見上ぐ

電灯の紐引きて消す撒ばるる前夜に姑のしたるごとくに

姑の部屋にのこれる姑のにおいに今のわれは馴染めり

西空の低きに下弦の月かかりこれより蝕の部分が肥る

お隣りへ回覧板を持ちて行く傘に霰の音を聞きつつ

すぐそこに立つ里山を隠すまで霰降り来る風にながれて

臆病という病持つうつしみを反らして仰ぐ春のあおぞら

紫木蓮のつぼみを昨日ついばみし鳥も混じるか囀る声に

尉鶲来なくなりたる三月の畑に大根の種を蒔きおり

畑にひとつ残しおきたる白菜の中より花の黄の伸び上がる

四月

トイレットペーパーを子に送りける去年四月の送り状出づ

とっくりの青き絵のある和ふきんも去年の春はマスクに縫いき

薔薇の芽の棘の臙脂のうつくしと臙脂を見つむ朝ごとに来て

朝の葉の鋸歯にふくらむ水滴を薔薇の溢泌《いっぴつ》液と今日知る

乳色の細かき花を鏤《ちりば》むるコノテガシワは銀河のごとし

糞に砂をかけ終えたいという顔す逃げゆく猫の振り向きざまに

蕁麻疹湧くみなもとを塞がんと飲む四錠の四月目《よつき》となる

じゃがいもを明日は掘らな梅雨入りの早しと天気予報の言えり

ズッキーニの花

露に濡るる庭の紫陽花切りて来て亡き伯母さんに供えんと抱く

片付いた厨そのまま埃積む伯母さん逝きて十年《ととせ》の廃家

梅雨晴れのひかり差し来て墓原の地下の明るむことなどありや

野牡丹のうぶ毛ある葉に袖触れて菜園に入り出るときも触る

たずさえて畑に来りズッキーニの花の雌雄を教うるなどす

トマトの葉茂るなかより伸び立ちてハキダメギクの咲かせたる花

房なして垂るるみどりのミニトマトひと粒の今朝さきがけて熟る

豆のつる結わえ支柱のてっぺんの殻やわらかき蝸牛をつまむ

門の辺に咲くしろたえの花の名を柏葉紫陽花《かしわばあじさい》と今年も聞けり

電柱の根方に黄菊白菊の花束が見えそこを右折す

冬　瓜

冬瓜《とうがん》の青ぶら下がる自生してコノテガシワに絡める蔓に

里山を躍るごとくに霧のぼる夕立の雨過ぎし名残りに

楠の森蟬声《せんせい》かぎりなき盆の招魂石に来て低頭す

朝な朝な夫の丹精して来たる薔薇が芽を吹く初秋の風に

草の根が畑を耕しくるるゆえ抜かずと農業雑誌に読めり

あとがき

本集は、『起重機と蝶』（一九八六年）、『螢』（一九九二年）に続く、私の三番目の歌集です。「八雁」創刊号（二〇一二年一月）から五十九号（二〇二一年九月）まで、誌上に発表した歌の中から四〇一首を選んで収めました。ただし、「思い出」十首は「八雁」以前、長女を出産した一九九六年に作った二首と、米国ボストンに住んでいた二〇〇五年頃に作った七首、そして帰国後の二〇一〇年頃に作った一首です。

『螢』上梓後、結婚、出産、幾度かの転居（一九九七年五月より二年間と二〇〇二年八月より六年半は米国ボストン滞在）等と、「牙」「あまだむ」に所属していながらも、日々の生活を営むのに精一杯で、次第に歌から離れて過ごすようになりました。その間の私にとって短歌は、過去に置き去りにして来た遠いもののように感じられていました。

歌から離れて過ごしつつも、心のどこかには歌を作りたいという気持ちもまだわずかに残っており、一縷の縁を繋いで来ていたのですが、二〇一一年二月、歌の師である「牙」の石田比呂志氏が逝去、時を同じくして歌誌「牙」も終刊となりました。いつか戻ろうと思っていた、その戻るべき「牙」が無くなってしまったのでした。

しかし、二〇一二年一月に「八雁」創刊、阿木津英さんから声をかけていただきました。また歌を作ろう、そう決めた時から少しずつ、見慣れた風景が新鮮なものに変わり、五音七音の言の葉が動き出すような感じを覚えました。初心に返っての歩みは相変わらず遅々としたものではありますが、表現することの喜びを噛みしめています。「八雁」入会以来十年近くを、殆ど欠詠することもなく歌を作り続けて来られたことを、今は嬉しく思っています。

歌集の題の「姶良」は、現在居住している鹿児島県姶良市の地名から取りました。姶良市は九州南端の薩摩半島と大隅半島のつけ根に位置し、穏やかな錦江湾に面しています。通算して八年半を過ごしたボストンから、二〇〇九年四月に家族で帰って来たのが、夫の故郷である姶良市の重富地区でした。

家の門を出るとすぐそこに里山が連なり、南に十分も歩くと錦江湾がひらけます。この豊かな自然の日ごとの姿を、うたうことによって感じ取りたいというのが、今の私の願いです。

歌を作り始めた十代の頃から今日まで、阿木津英さんには感謝してもしきれません。歌を再出発できたことも、この歌集を編むことができたことも、阿木津さんがいなければ叶わなかったことです。「八雁」の皆様にも感謝しています。

また、「牙」の故石田比呂志氏と、元「牙」会員の皆様にも感謝を捧げます。砂子屋書房の田村雅之様には、『螢』に続いて三十年ぶりに、今回もまたお世話になりました。いろいろと手数を煩わせてしまいましたが、本当にありがとうございました。装本の倉本修様、スタッフの皆様にも、厚くお礼を申し上げます。

最後に、夫と二人の娘たちに、感謝の気持ちを伝えたく思います。

二〇二一年一〇月一五日

上妻朱美

歌集　姶良

二〇二一年一二月二二日初版発行

著　者　上妻朱美
鹿児島県姶良市平松五四八八―一　(〒八九九―五六五二)

発行者　田村雅之

発行所　砂子屋書房
東京都千代田区内神田三―四―七　(〒一〇一―〇〇四七)
電話　〇三―三二五六―四七〇八　振替　〇〇一三〇―二―九七六三一
URL　http://www.sunagoya.com

組　版　はあどわあく

印　刷　長野印刷商工株式会社

製　本　渋谷文泉閣